이제 곧 죽습니다 6

Contents

i will die soon

이제 곧 죽습니다

chapter_____56

나도 나를 모른다

팀장, 정확히는
팀장의 윗선에서
바라던 대로

[단독] 연쇄살인사건 용의자 이미 숨진 채 발견...

세상이
시끌시끌해졌다.

살인마
정규철이 쓰고

형사 안지형이
발견한…

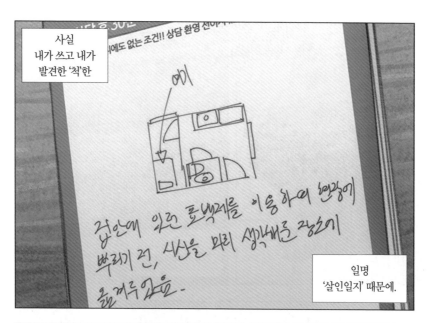

사실
내가 쓰고 내가
발견한 '척'한

일명
'살인일지' 때문에.

게다가
악명 높았던 유길학을
죽였던 것도

정규철이란
사실 때문에 관심이
더욱 집중됐다.

그 일지를
토대로 수색을
진행한 결과

피해자들의
시신이 발견되었고

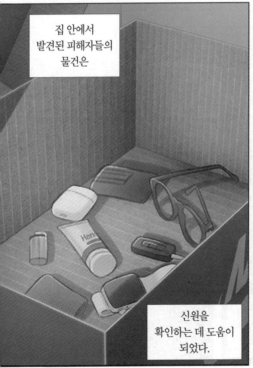

집 안에서
발견된 피해자들의
물건은

신원을
확인하는 데 도움이
되었다.

그렇게
그동안 발생한
여러 건의 실종 사건과

살인 사건의 범인이
모두 정규철이라는 것이
드러났고

8

이미 범인이 죽은
상태였기 때문에 수사는
빠르게 종결되었다.

…그리고 나는
이 몸에 들어온 지
얼마 되지도 않아서

안지형.
너 정말 내가 알던
그놈 맞아?

엄청난 사건을
해결한 형사가
되었다.

아무튼…

이번에 진짜 너 다시 봤다.

드세요 선배.

어… 그래. 고맙다.

그런데 그놈이 범인이라는 건 대체 어떻게 알아내신 겁니까?

아무 단서도 없었는데.

그게…

그러니까…

사실 워낙
큰 사건이라 정신없이
흘러가느라 묻혔지만

내가 대체 그걸
어떻게 알아냈는지
말이 되게 설명할 방법이
없었다.

지금
괜히 어설프게
말 지어냈다간
더 꼬이는데…

꾸-악

이럴 땐…
아예 더 못 물어보게
입을 막아버리는 게
상책이야!

왜냐면 사실
정말 말도 안 되는
상황이니까.

나도 알아.

그래서 이번에야말로 다른 모습을 보여주고 싶은 마음으로

혼자 열심히 노력했지.

근데 이 정도론 모자라나봐.

네가 아직도 그렇게 날 의심하는 걸 보면…

너, 넌 왜 선배를 의심하고 그래!

버럭!

빨리 안 형사한테 사과해!

죄… 죄송합니다.
선배님.

괜찮아.
믿을 수 있게 내가
앞으로 더 노력할게.

아, 팀장님.

지금 구치소에
들어가 있는 놈이
있는데

제가 좀
만나게 해주실 수
있습니까?

확인하고 싶은
사건이 또
생겼어요.

아~ 물론!

지금 그런
성과를 냈는데
안 될 게 뭐가 있어!

그리고…

난 이제 자네 믿을 거야. 알았지?

감사합니다. 팀장님.

...

다음날

도덕성 함양으로 건전한 삶을 살자!
- 교정국 -

씨X…

정작
면회 와야 할
새X는 안 오고…

지금 갑자기 뭔 헛소리를 하는 거야?

난 어차피 여기 설득하러 온 거 아니니까

네가 내 말을 믿든 안 믿든 상관없어.

원래는 넌 여기 안 들어왔어야 했잖아?

연락 끊긴 지도 좀 됐지?

왜냐면 그 금수저 새X는 죽었으니까.

평생 가자는 너희 둘 약속은 다 끝났어.

너한테 주기로 했던 떡 한 덩이도 끝이고.

19

넌 그냥 인생을 망쳤을 뿐이야.

물론, 지금 믿기 싫으면 믿지 마.

근데 믿지 않기엔 내가 너무 많은 걸

알고 있다고 생각하지 않아?

맞아…

설마 저놈 말대로 진짜 그놈이 죽은 건가?

멈칫

그… 그럼
나는?

아무것도
안 남잖아?

이젠 슬슬
네가 죽인 거 아니라고
하고 싶지?

마침 나한테
유일한 증거가
있긴 한데 말이야.

그게 무슨…?

이, 이걸 어떻게?

기억나지? 네가 하수구로 던져버렸던 건데.

이제 필요하겠지?

이게 네 무죄를 입증할 유일한 증거잖아.

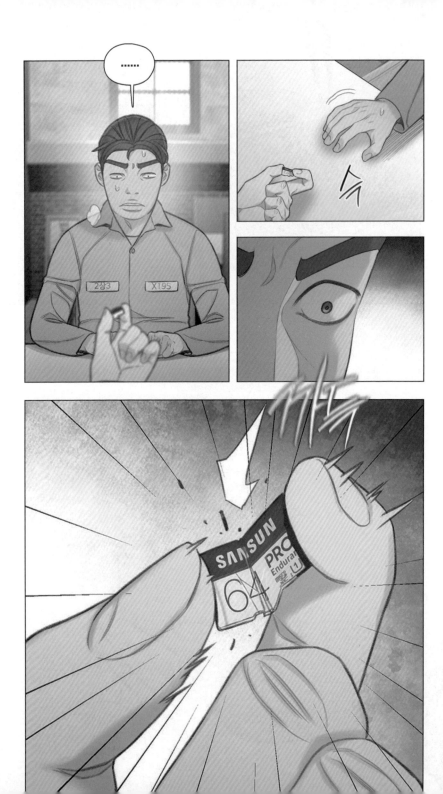

자…잠깐…!

아그작

아그작

그리고 밖에
나와서도

평생 사람 죽인
전과자로 살다가
죽어.

비참하게.

너… 너 대체
뭐야?

뭐냐고!

나?

나는…

난···

i will die soon

이제곧
죽습니다

chapter_____57

생각보다 몸이 빨랐다

죽는 걸
반복하는 짓을
시작한 후

처음으로
계획한 걸 다 했다.

정규철의 죄를
세상에 밝히는 것도

지수 씨를
죽게 만든 놈들에 대한
복수도…

하지만 결국
내게 남은 건

또 죽어야 한다는
사실밖엔 없다.

젠장…

지금이
열 번째잖아.

이번에
죽고 나면 남은
총알은 3발…

끝이
얼마 안 남았어.

후… 어차피
할 일도 다했으니까
그냥 최대한
빨리 끝내자.

일단,
죽어야겠네.

잘칵

하나역입구
(IBJ가입은행)

잘칵

웅성

웅성

잘칵

응?

…차라리 잘됐네.

사람 하나 구하고 죽을 수도 있겠어.

으으…

X발… 내가 말했지?

나 열받게 하면 후회할 거라고

어!?

아니면 중2때 걸렸는데

그게 아직까지 안 나은 거야?

…죽고 싶어?

정확히 말하자면 죽고 싶은 건 아니고

죽어야 되긴 하지.

하… 열받게 하네.

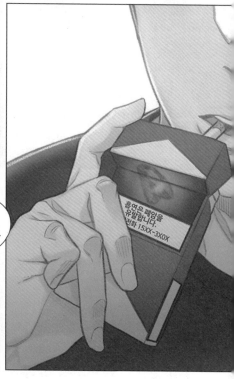

흡연은 폐암을 유발합니다.
전화 15XX-3X0X

너도 후회 안 하겠어?

너 혹시 지금 자기가 멋있어 보인다고 생각하는 건 아니지…?

…뭐?

아니 좀 그렇잖아?

뜬금없이 담배 꺼내 무는 것도 그렇고…

지금 사람들이 찍고 있어서 폼 잡는 거야?

이런 씨…!

너 이 새X
죽여 버린다!!

가끔 보면
'죽을 각오로 덤벼라'
라는 말을 하는
사람들이 있다.

그걸
진짜 해보고 나서
하는 말인지
잘 모르겠다.

난 지금
'진짜' 죽어도 된다는
생각인데도

한 발짝
떼기가 어려운데.

44

생각보다 몸이
아주 조금 더
빠르게 움직였다.

어억…!?

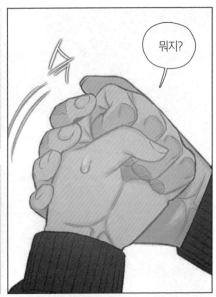

다음 날

하지만 내가
예상하지 못한 건
그것뿐이 아니었다.

이게 뭐가 어떻게 된 거야…?

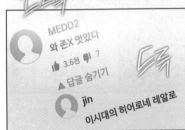

MEDD2
와 존X 멋있다
👍 3.6천 👎 7
▲ 답글 숨기기
jin
이시대의 히어로네 레알로

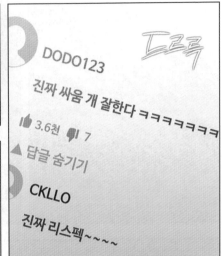

DODO123
진짜 싸움 개 잘한다 ㅋㅋㅋㅋㅋㅋㅋ
👍 3.6천 👎 7
▲ 답글 숨기기
CKLLO
진짜 리스펙~~~~

당황스럽긴 한데…

또 기분이 썩 나쁘진 않네?

!

짝
짝
짝

이야~ 안지형!
너 완전 스타
됐더라?

......

안 형사
요새 대체
무슨 일이야?

아니 그게…
저도 잘…

선배.

응? 왜?

저랑
잠깐 얘기 좀
하시죠.

어?
그, 그럴까?

이제곧
죽습니다

chapter_____ 58

이것이 마지막 만남이라면

어, 고마워.

무슨 말을
하려고 이러지…

혹시 아직도
날 의심하나?

솔직히
선배님을 계속
의심했습니다.

!

아무리 생각해도 그 '정규철 사건'을

선배가 해결한 방식이 이상했거든요.

그래서 선배가 달라지려고 노력했다는 말도 안 믿었죠.

우리 팀 사람들은 다 믿었지만.

그래… 형사로서의 재능은 우리 팀에서 이 녀석이 제일 뛰어난 것 같네.

그런데 이번 칼부림 사건 영상을 보고 많이 놀랐습니다.

분명
저번에 선배는

흉기를 휘두르는
용의자한테서
도망치려고
했었는데

이번엔
완전 정반대로
행동하셨잖아요

그래서 선배가
정말 달라지려고
노력하시는 건가
싶었는데

어쩌면…

어쩌면?

그때 문득,
어떤 생각이 들었다.

이 녀석한텐
원래 몸 주인인

안지형의
이야기를 해줄까
하는 생각이.

안지형이
직접 자기 얘기를
하지 못했으니까…

나라도
대신 해줄까?

그럼…

내 얘기 좀
들어볼래?

나는 내가
정보 입력으로 봤던
안지형의 이야기를

이 녀석에게
들려주었다.

마치
내 이야기처럼.

선배 부모님이
모두 돌아가신 건
알고 있었지만…

그런 사연이
있으셨군요.

…사실
예전에 말하셨으면
못 믿었을 겁니다.

꿀꺽

…혹시 울어?

아뇨 그냥 좀…

비비적

의외로 감성적이네…

아무튼 제가 죄송합니다.

저도 앞으로 선배가 변하겠다는 거 의심 안 할게요.

그래, 고마워.

앞으로 같이 더 잘 해보자.

물론
어차피 난 곧
죽을 거지만…

깨끗이 사용합시다

생각해보니
혼자 지내신 지도
오래 되셨겠네요.

그렇지 뭐…

꿀꺽

어머니…

보고
싶으시겠어요.

…!

......

어…
엄마…?

엄마가 대체
왜 여기에…?!

조사?
무슨 조사?

돈가방 사건
모르세요?

뉴스도 타고
꽤 시끄러웠던
사건인데.

저분 집에서
발견됐잖아요.

박정심 / XX구 XX동

그 돈가방이.

직접
신고하셨잖아?

아니 아는데,

저분이 왜
조사를 받아?

71

그 돈 주인을
추적했더니 이미
죽었고

그 동네
cctv 다 뒤져서

돈가방
갖다놓은 놈도
알아냈는데

찾아가보니
또 죽었더래요.

그것도
교통사고로.

그 사건
담당한 애들이
아주 미치려고
하더라고요.

안전한 치안, 사랑받는 국민의

뭐 그러니
애꿎은 사람만
피곤해진 거죠.

쯧쯧…
아들 죽은 지도 얼마
안 됐다던데…

난… 난 죽어서까지

제대로 해드리는 게 없구나.

젠장…

그때가 마지막 만남일 거라고 생각했는데…

또 만날 수 있게 됐다.

하지만 그 얼굴을 마주할 자신이 없다.

엄마

밀어서 통화하기

죄책감이…

그런데 그땐 자연스럽게 대화를 나누는 상황이었지만…

지금은 내가 일부러 말을 걸어야 하잖아.

독독

뭐라고 해야 자연스러울까…

끼익

!

가자! 현장으로, 국민으

저벅

저벅

저벅

저벅

저벅

그 순간, 뭐라고 해야
자연스러울지
고민하던 나의 입에서

너무나
자연스럽게도

그 단어가
튀어나오고
말았다.

엄마!

i will die soon

이제 곧 죽습니다

chapter_____59

내가 두려움을 느낀 이유

초등학교
저학년

아직 학교생활이
몸에 익지 않았던 때.

가끔씩 실수로
선생님을

다들
어린 애였던
주제에…

'엄마'라고
부르는 녀석들이
있었다.

그럼 우리는
그런 녀석들을 아직
애기냐고 낄낄거리며
놀리곤 했다.

아무튼
놀림받던 녀석은

꽤나
당혹스러워 했다.

어쩌지? 꿀꺽

어떻게 해야 해?

나는 지금…

그 녀석보다
몇 배는 더 당혹스러운
기분이다.

그냥 차라리
엄마한테 나라는 걸
밝혀야 하나?

진짜
말도 안 되고
괴상한 상황이긴
하지만…

아니, 그냥
솔직하게 말하면
나를 알아볼지도
몰라.

왜냐면…

영화에서 보면
알아볼 수 없는
모습이 된 상황에서
친구나 연인한테

자기밖에
알 수 없는 걸 말하거나
하면 믿어주던데…
그러면 되지 않을까?

엄마니까.

하지만
그런 생각이 든
순간

나는 오히려
알 수 없는 두려움을
느꼈다.

아니…
어떻게든
얼버무리자.

그게 낫겠어.

죄송합니다. 꾸벅

!

호칭을
어떻게 해야 할지
고민하다가 실수로
그만…

제가 실례를
범했습니다.

그 말을 듣자

나는
숨이 막히는 걸
느꼈다.

거 참 이상한
사람이네.

터벅

터벅

멈칫

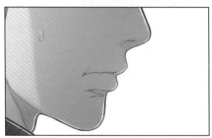

힐끔

……

나는 그때서야
내가 두려움을 느낀
이유를 깨달았다.

다음 날

그 순간, 나는 그동안 내가
안에선 밖이 보이지만
밖에선 안이 보이지 않는

그런 거울로 된
상자 안에서 세상을 보고
있었다는 걸 깨달았다.

안은
최이재지만

밖은 늘 다른
사람이었으니까.

그래서 어떤 때엔 마치
인형 탈을 쓰면 자신감이
생기는 것같이

원래의 나보다
더 대담하게
행동하기도 했다.

그리고
내가 그렇게
엄마를 마주 볼 수
있었던 것도

내가 그
상자 안에 숨어 있었기
때문이었단 걸
깨달았다.

후...

모르겠다.
어차피 곧 다
끝날 거잖아.

그러니까…
됐어.

하…
이 자식 왜
안 나타나?

잠복근무라고
하긴 했는데,

정신이 없어서
무슨 일인지도 제대로
모르고 따라왔다.

우리가
잡아야 하는 놈이
정확히 어떤 놈이라고
했지?

뭐,
단순하게는
조폭인데,

조직에서도 가장
확실하게 처리해야 할
일만 맡아서 하는
놈이랍니다.

말하자면
'히트맨'이나
'킬러' 같은 건데…

그냥
살인범이죠.

조금
전문적일 뿐.

그래?

흠…
듣기엔 엄청
무서운 놈인 것
같은데.

혹시 이번에
죽는 건가?

수뇌부가
검거되고 조직이
와해되자마자
숨었어요

근데 이번
제보는 확실하다
그랬는데,

대체
어딨는…

근데 잠깐…

왜
낯이 익지?

배신자,
마지막으로
할 말은?

두 번째 죽음…!
그때 그놈이잖아!

설마
한 놈한테 두 번
죽는 건가…?!

i will die soo

이제곧
죽습니다

함께 죽을 운명

저벅

저벅

우리는 놈이
은신처로 들어가

방심했을 때를 노려
덮치기로 했다.

어디로
가는 거냐…

끼익

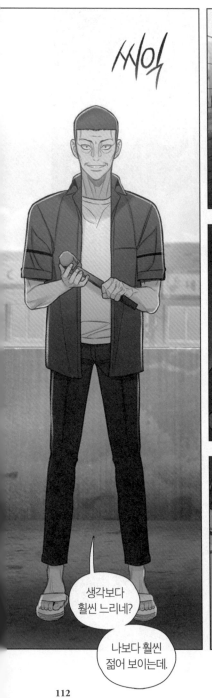

강아지치곤
이빨이 꽤
날카롭네.

그래 봤자
개X끼지만!

뭐야…

네가 먼저
죽고 싶어서
그러냐?

젠장…
그때도 겁났는데…
이건 더 무섭잖아.

저놈은 인간
자체에서 피 냄새가
난다고…

그리고 난
이미 저 망치에
맞아 죽어도
봤고!

이건
도저히…!

!?

123

이런 젠장…

그럼 할 말
없는 거지?

그렇게, 이번에도
내가 죽지 않고
일이 마무리되었다.

아, 맞다.

i will die soon

이제 곧
죽습니다

chapter_____ 61

내가 지켜줄게

선배,
이번 주말에 시간
괜찮으세요?

응? 뭐
별일 없지.

다른 건
아니고,

저희 집에서
저녁 한번 같이
하시죠

제가
아내한테 허락
받아놨거든요

그리고,
주말이 되었다.

0099-X14

승객용

꽤 멀끔한 데
사네…

설마 자가?
전세겠지?

에휴…
어느 쪽이던
나보단 낫잖아.

내 전 재산은
썩은 자취방
보증금이랑

아 X발 무조건 오른다더니…
스캠도 이런 X스캠이 없잖아!
쾅쾅
떡락한
코인뿐이었는데.

뭐야…
어린애 목소리?

잠깐만
기다리세요오~

아저씨
누구세요?

혹시 도둑?

어?
아니… 난 도둑은
아니고…

경찰…?

아이고~
슬기야.

문부터 열어주고
도둑이냐고 물어보면
어떡해~

오셨어요.
들어오세요
선배.

맞다~!

응…

142

그냥
유부남이 아니라…
애도 있다니.

울컥

선배는
내가 아니라
당신이야.

아빠!
저 아저씨도
경찰이래!

그래, 아빠랑
같이 일하는 분이셔.
그것도 매일 같이
다녀.

그러니까
아저씨 말고
삼촌이라고 해.

응!

삼촌!

어어…

나는 지훈의
아내와 어색한 인사를
나누었고…

음식 준비가
다 될 때까지 슬기와
함께 기다리게 됐다.

금슬 참 좋네.

게다가
이런 귀여운 자식도
있고…

삼촌!

응?

정말
우리 아빠랑 맨날
같이 다녀요?

그렇지…

그럼 삼촌도
나갔다 오면 자꾸
어디가 아파요?

우리 아빠는
일하러 나갔다 오면 자꾸
어디가 아프대요.

요번에도
다리가 아프다고
그래서 엄마도 엄청
속상해하고…

그런데 내가 곧 죽을 운명이라는 건

나랑 늘 붙어 다니는 이 녀석도 위험하다는 거구나.

아니, 어쩌면 그때처럼

함께 죽을 운명일지도 모르지.

설마⋯

만약에 정말 같이 위험에 처하는 거라면 어쩌지⋯?

그러면
이 가족은…?

……

슬기야.
이리와 봐.

응?

152

어차피
나는 뭘 해도
죽을 운명이고

죽어도 상관없는
몸이지만

이 사람은…

아니,
이 가족은
그렇지 않아.

155

그땐 아무것도
몰라서

아무것도
못했지만…

i will die soon

이제곧
죽습니다

chapter_____62

어떤 결심

변민석!
이 자식이…

마약 팔다가
너도 취했냐?

칼 내려놔!

내가 가도
둘 중에 하나는
무조건 데리고
간다!

알아!?

나는 그날
그렇게 다짐한
이후

무조건 먼저
나서기로 했다.

다행인 건
이 몸이 꽤
빠르다는 것.

하나는 데리고
간다더니 왜 먼저
가버렸어?

On-White

이 친구
성질이 급하네
그치?

그렇게 '솔선수범'하다 보니
팀에서도 점점 더 신망을
얻게 되고

그러게요.
선배.

어느새 우지훈도
나에게 더 호감을
느끼게 된 것 같다.

무슨 생각을
그렇게 해요?

아냐…

근데 정말
여기 내가 껴도
되는 거야?

괜히 가족들끼리
시간 보내는데
방해하는 거 아냐?

아니에요.
와이프가 먼저
말 꺼냈어요.

슬기도 선배를
좋아라하고…

저도
그렇고.

엉?

그, 그럼
다행이고…

165

아, 이제 내가 슬기랑 놀아줄 테니까

부부끼리 오붓한 시간 보내. 좋지?

좋죠

슬기야~! 삼촌이랑 놀자~

에헤헤~ 삼촌 왜 이렇게 느려!

아이고~ 슬기 너무 빠르다!

앞으로 범인은 삼촌이 아니라 슬기가 잡으면 되겠어!

167

하아…

절레

정신 차리자.

이런 생각이
드는 걸 보니…

···슬슬 또 죽을 때가 됐나 보군.

또 무슨 생각을 그렇게 해요? 저번에도 그러더니···

그냥··· 그때랑 같은 생각.

근데 거의 다 온 거 아니야?

그러게요. 이 근처인데···

우리는 전에 체포한 마약 판매상 변민석의 동업자 민병관을 체포하러 가고 있다.

그 놈은 마약도
중독된 놈이라고 했으니
조심해야 할 거예요.

취해서
무슨 짓을 할지
모르니까.

꼬덕

그래…

어!?

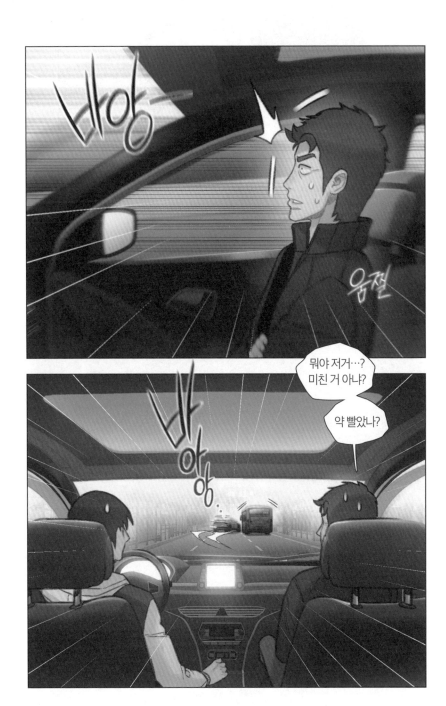

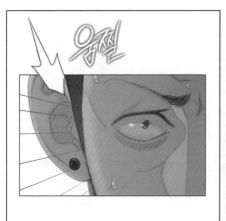

저놈 맞아…!

사진이랑 똑같아!

이런 씨…!!

아, 개빡세네…!
이 높은 데까지 왜
달려서 올라와?!

그래, 어차피
옥상이면 막다른
길인데…

그 킬러 놈도
그렇고 왜…!

182

i will die soon

이제곧
죽습니다
chapter _____ 63

약속을 지키다

끄윽…?

괘,
괜찮아!?

이 상황에서
섣불리 움직였다간
우리 둘 다 위험…

그 순간,
깨달았다.

…지금이구나.

제박

내가
죽을 때가.

움직이지 마!

진짜 쏴버린다!

지훈 씨.

내가 슬기랑 약속을 하나 했거든요?

내가 그걸 지금 지켜야 할 것 같네요.

이거 놔!
X발!!

으아아아!!

최이재, 죽다.

뭐, 뭐야!?

그래서?

움찔

그래서라니?

다른 생명을 구하려고 내가 희생한 거라니까?

…넌 지금 네가 생명을 구한 걸

내가 칭찬할 거라고 생각하는 거냐?

아… 맞다. 넌 '죽음'이었지.

생명이야 어쨌든 상관없는…

뭐야 이거…
꼴이 왜이래?

게다가
이 냄새는
또 뭔데!?

쿵쿵

설마
노숙자야?

날 이런 몸에
집어넣으려고 그렇게
웃었던 건가?

내가 그동안
겪은 게 얼만데
이 정도 가지고…

다음
뉴스입니다.

일명
'XX동 칼부림 사건 영상'
에서 범인을 제압하는
모습으로 알려진

안지형 형사가
순직했다는 안타까운
소식입니다.

!

흉기를 들고
난동을 피우는 범인을
제압하는

멋진 모습으로 화제가
되었던 안치형 형사.

'정규철 연쇄살인사건'
해결의 실마리를 가장
먼저 찾아낸 것도
안치형 형사였습니다.

아이고, 저
형사 죽었나봐!

이 동네
경찰서에서 근무하던
분인데…

아~ 나도
저 영상 봤는데.

엄청
멋있으시던데…
어쩌다가…

지난 XX일.
안지형 형사는
동료 형사와 함께
범인과 대치하던 중

안 형사가 불법 총기를
소지한 범인을
제압하기 위해
몸싸움을 벌인 끝에

범인과 함께
건물에서 추락해
순직하였습니다.

지금 내가
했던 것들…

내 죽음이 뉴스에
나오는 거야?

…고인의 빈소는
XX병원 장례식장에
마련되었으며…

물론 내
다른 죽음들도
뉴스에 나올 만큼
끔찍했었지만…

저기면 바로
요 옆이네.

쯧, 저런
사람들이 오래
살아야 하는데.

그러게
말이야…

이건
그런 거랑은
완전 다르잖아.

이제 곧
죽습니다

chapter_____64

이제야 깨달은 진실

211

제 1 호실

그럼
지형 삼촌은 이제
못 보는 거야…?

움찔

!

그래… 하지만 삼촌은 하늘에서 널 지켜보고 계실 거야.

정말?

정말이야. 지금도 지켜보고 있어.

하늘은 아니고 땅에 있지만…

그럼…

타닥

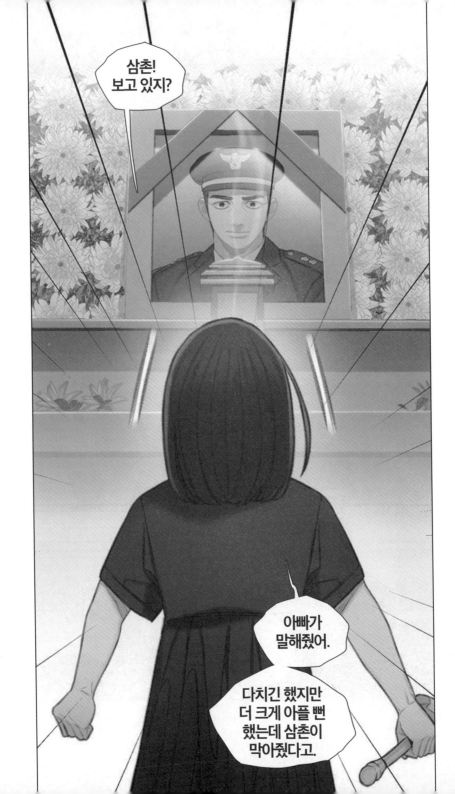

그러니까 이거
삼촌 줄게.

왜냐면…

왜냐면
삼촌이 나랑
한 약속

정말로
지켜줬으니까…!

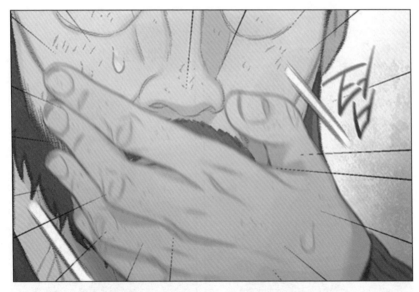

이상했다.

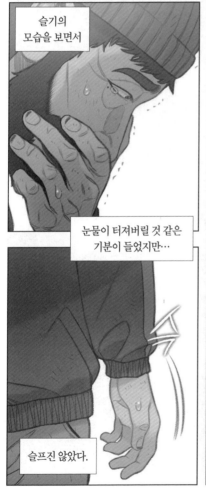

슬기의
모습을 보면서

눈물이 터져버릴 것 같은
기분이 들었지만…

슬프진 않았다.

오히려 뿌듯한
마음이었다.

내가
구했어.

내가 희생해서
저 가족을
구해냈어…!

아…

내가 저 가족을
구해냈지만…

그리고 내가
했던 일들로 인해

많은 사람이
이 죽음을 추모하게
됐지만…

터벅

터벅

제 1 호실

내가 안지형의
몸으로 어떻게
살았는가는…

결국 진짜 나와는
아무런 상관이
없는 거였다.

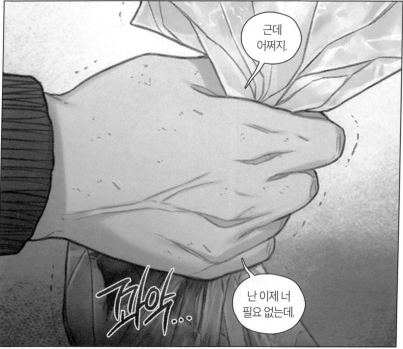

나는
이제 와서야
깨달았다.

그렇다면…

이번 삶도
굳이 살아볼 필요가
없다.

최이재, 죽다.

너 지금
웃었어?

너야말로
그때 왜
웃은 거지?

내가
내 것도 아닌 걸
가지고 뿌듯해하니
비웃은 건가?

아니,
다른 걸 물을게.

우지훈은
내가 구한 거
맞아?

그 사람도 거기서
죽을 운명이긴
했냐고.

…이제 너도
알았잖아?

그런 건 아무
상관없다는 거.

그래,
어차피 이제
총알도 두 발밖에
안 남았잖아?

네가 날
어떤 몸에
처넣든

난 그냥 바로
죽어버릴 거야.

i will die soon

이제곧
죽습니다

chapter_____65

엄마의 인생

그래,
결국 이거 말곤
할 수 있는 게 없지?

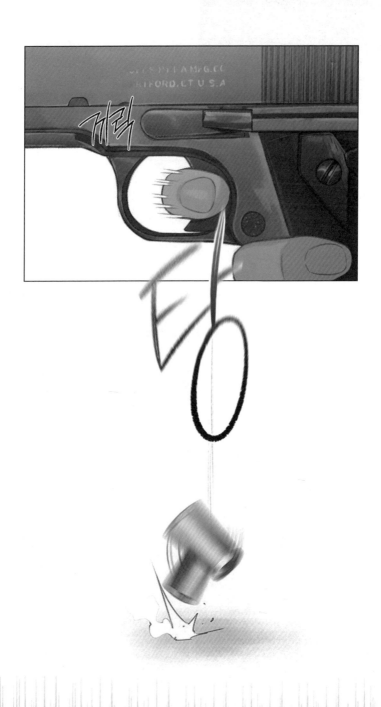

라면…?

일단 다 끓은 거 같으니 불은 끄고…

어디야
여긴?

두리반

두리반

72나 X235

저 차는
분명 그때…?

허어…

그럼 그놈도 여기 어디 묻혀 있겠군.

242

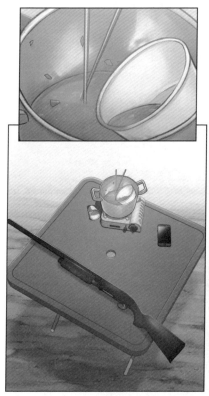

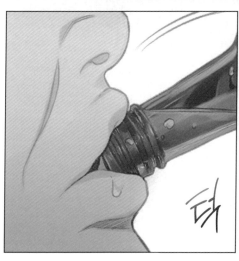

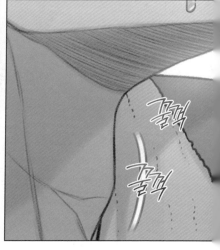

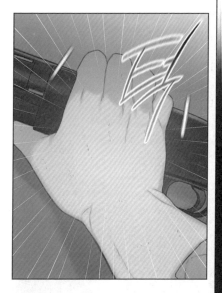

최이재, 죽다.

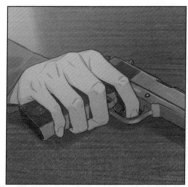

......

이제 전부
다 끝났어.

뭐야···

왜 화를
안 내는 거지?

247

…아직 마지막 한 발 남았는데.

쏴!

어차피 또 빨리 죽어버리면 그만이니까!

네가… 정말 그럴 수 있을까?

뭐?

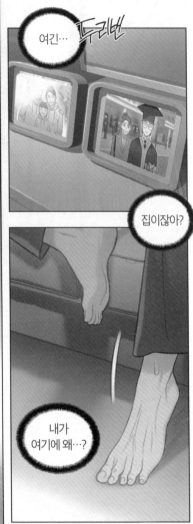

여긴…

두리번

집이잖아?

어…?

내가
여기에 왜…?

아마도 그때,
나는 이미 눈치를
챘을지도 모른다.

하지만
믿고 싶지 않았다.

… 직접 내 눈으로
확인하기 전까지는.

엄마…?

너무나
큰 충격이었다.

하지만 어떤
이유가 먼저였을까.

내가
엄마의 몸에
들어왔다는 것?

아니면
엄마가 곧 죽을
운명이라는 것?

이건…

절레

이건
아니잖아…!

야! 죽음!

이건 정말 아니잖아!

당연하게도 죽음은 아무런 대답이 없었다.

그리고 마치 대답을 대신하는 듯, 그게 나타났다.

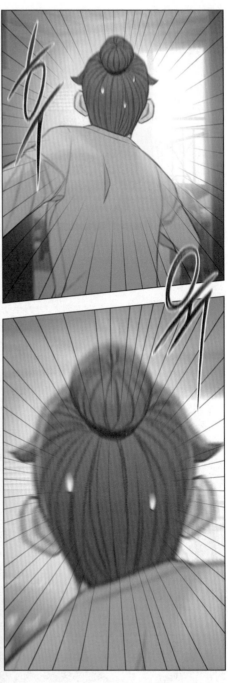

정보 입력을
시작 합니다.

261

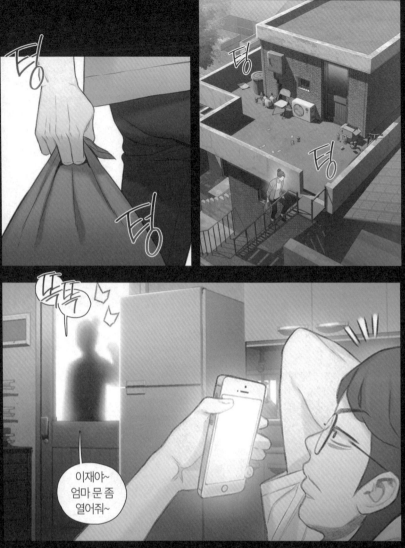

이재야~
엄마 문 좀
열어줘~

262

아들 뭐하고 있었어?

어…

공부하고 있었지 뭐.

딸깍

밥 좀 잘 챙겨먹지…

아휴…

아들~

공부 끝나면 전화 좀~ ^^

전화 안 받네.
엄마 걱정된다.

아들 괜찮아?

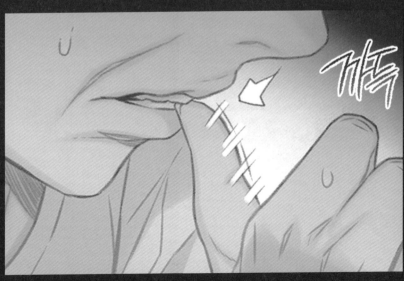

아무래도
가봐야겠어…

타닷

띠리리리

!

여보세요?
아들?

땅

최이재 씨
어머니 되시죠?

덩칫

그, 그런데요

네…?
지금 뭐라고…?

박정심 / XX구 XX동

…정보 입력을
마칩니다.

우읍…!

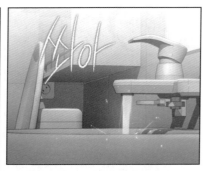

그래…

니가 그래서
화도 안 냈구나.

이런 걸
준비해 놨으니.

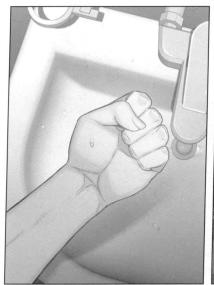

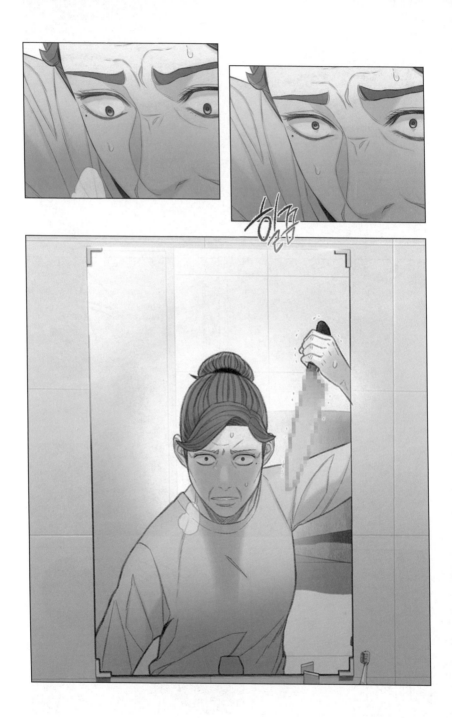

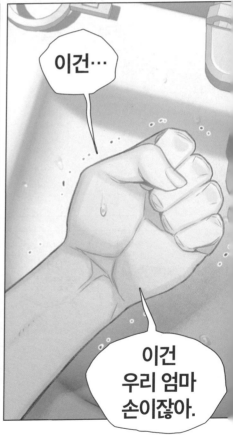

이건…

이건
우리 엄마
손이잖아.

죽음…

아니
죽음 님…

제발 이제
그만해주세요…!

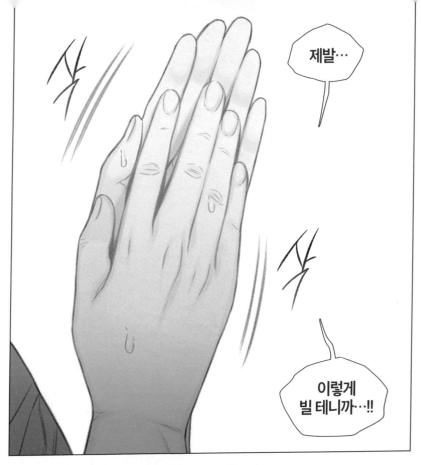

눈물을 흘리며 괴로워하는
내 어머니의 모습뿐이었다.

…그리고
30년이 지났다.

이제곧
죽습니다

chapter_____ 66

다른 누구도 아닌
나 자신으로

원장실

취재 허락해주셔서 고마워요 원장님!

뭘요.

저희도 아버님한테 도움 많이 받았잖아요

근데 작가님은 이번에 무슨 작품을 쓰려고 양로원을 취재하는 거예요?

후룩

음…

제가 그동안 인생을 '살아가는' 사람들의 이야기만 써왔거든요.

이번에는 이미 긴 시간 인생을 '살아온' 사람들에 대한 이야기를 쓰고 싶어서요.

그럼 이야깃거리가 필요한 거군요?

흠…

우리 양로원에 자기가 사실은 자기 아들이라고

주장하는 정말 이상한 할머니가 있거든요

그분 얘기를 들어보는 건 어때요?

네?

자기가 자기 아들이라고 한다니 그게 무슨…?

젊었을 때
그분 아들이 스스로
목숨을 끊었대요.

아마
그 충격 때문에
이상해졌는지

자기가 사실은
엄마 몸속에 들어온
죽은 아들이라고
말하더라고요.

그런데
그게 끝이 아니라 더
이상한 이야기를 해요.

저벅

저벅

자기가
여러 사람 몸에
들어가 봤고,

그래서 여러 번
죽어봤다고…

쿨럭

쿨럭

안녕하세요.

잠시 얘기 좀
할 수 있을까요?

?

작가라…

……

…그럼
얘기해주지.

정말요?

그래…
예전에도 비슷한 걸
해본 적 있거든.

정말로
믿기 힘든 괴상한
이야기였다.

하지만 그
이야기의 내용보다
더 괴상한 건

이 할머니가
정말로 자기가 겪은 일을
얘기하는 것처럼
보인다는 것이었다.

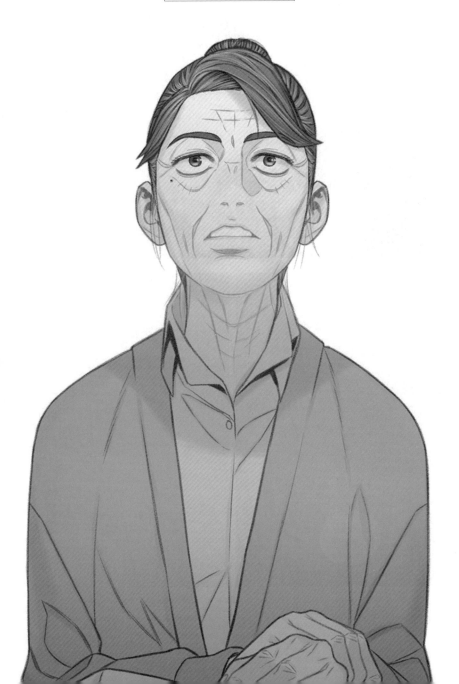

만약 그러면
꼭 책 가지고
올게요

아무튼 제가
이 이야기로 소설을
쓸지는 모르겠지만…

아마 빨리
와야 할 거야.

쿨럭

쿨럭

내가 이제
곧 죽을지도
모르겠거든.

슬기가 저렇게
어른이 됐다니…

생각해보니
이제…

내가 원래
몸으로 살았던
시간이랑

엄마 몸으로
지낸 시간이 거의
같아졌구나.

그 긴 세월 동안
내가 가장
괴로웠던 건…

거울에 비친
엄마의 얼굴을
매일 봤지만

정말 엄마를
만날 순 없다는
사실이었다.

하아…
어떻게 이럴 수가…

분명히
말도 안 되는
이야기였지만

이상하게도
호기심이 생겨
옛날 뉴스기사들을
찾아보았다.

그리고…

비슷한 사건들이 진짜로 있었어…

OO항공 비행기 폭발 사고

연쇄살인범의 살인 일지 발견…

동급생 벽돌로 쳐 사

의문의 돈가방, 주인은 사망한 BJ김구

마술사 데이비드, 수중마술 중 사망

범죄자 유길학, 살해당한 채 발견…

'영웅' 안지형 형사, 범인 잡다 순직

거기다가 사건들이 일어난 순서까지 그 할머니가 한 이야기랑 일치하잖아!

게다가 제일 마음에 걸리는 건

안지형 형사, 범인 잡다 순직

형사의 몸에 들어갔을 때의 이야기였다.

너무 어릴 때 일이라

이야기를 들었을 땐 기억을 못했지만…

그 할머니가 묘사한 사건과 일치하는 건 분명히…

우리 아빠 얘기야.

그리고 돌아가신 그 형사 삼촌…!

그 할머니…

아니, 그 사람을 다시 만나러 가야겠어!

꾸욱…

다음 날

원장실

그것도
오늘 아침에?

갑자기 왜요!?

네!?
돌아가셨다고요?

그냥
나이 드셔서
그런 거죠.

노환.

그리고
갑자기도 아니지.
계속 앓으셨으니까…

그럼…
이번 사인은
자연사군요.

꾸벅

알겠습니다.
다음에 또 올게요.

저벅

저벅

그런데 '이번'
사인이라니…?

원효양로원

그러면…
그 사람의 얘기가
정말이라면…

지금 '죽음'을
다시 만나러
갔을까…?

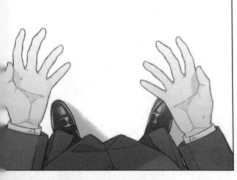

죽음…?

어, 왔네?

내가 이럴 줄은
정말 몰랐는데…

네가…

네가 너무
보고 싶었어.

그런데 다시
만나는 게

저벅

이렇게 오래
걸릴 줄은…

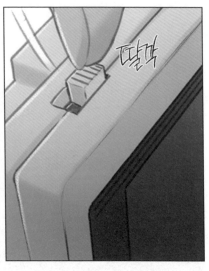

딸깍

그랬나?

난
시간이 흐르는 걸
잘 못 느끼거든.

평소보다
조금 더 오래 걸린다고
생각하긴 했는데.

나한테는
충분히 오랜
시간이었어.

…그리고
그 오랜 시간 내내
널 만나면

어떻게 해야 할지
생각했지.

알아…

알지만…

제발 기회를
한 번만…

한 번만
나 자신으로…

최이재로 다시 살아볼 수 있게 해줘!

제발…!

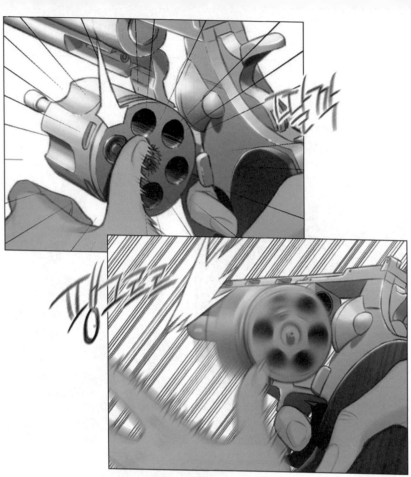

총알이 발사된다면
네가 원하는 기회가
주어질 거야.

아니라면 이대로
넌 끝나는 거고.

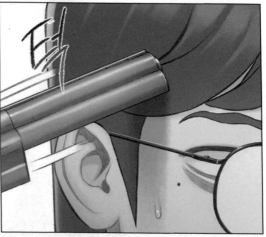

여보세요?

이제 곧 죽습니다 6

초판 1쇄 발행 2024년 2월 5일

글 | 이원식
그림 | 꿀찬

펴낸이 | 김윤정
펴낸곳 | 글의온도
출판등록 | 2021년 1월 26일(제2021-000050호)
주소 | 서울시 종로구 삼봉로 81, 442호
전화 | 02-739-8950
팩스 | 02-739-8951
메일 | ondopubl@naver.com
인스타그램 | @ondopubl

■ 이 책 내용의 일부 또는 전부를 재사용하려면
　 반드시 저작권자와 글의온도의 동의를 얻어야 합니다.
■ 잘못된 책은 구입하신 서점에서 교환해드립니다.